給孩子的世界經典故事

伊索寓言

幼獅文化　編著

U0114701

園丁文化

編者的話

送給孩子最經典、寶貴的智慧

研究表明，人在 13 歲之前，記憶力最好，背誦過或者閱讀過的文字，都會在腦海中留下深刻的印象。在此時多閱讀優秀作品，從書中汲取營養，不僅對身心健康和智力發展大有裨益，而且會使人受益終生。

因此，我們從既經典又富教育意義的童話寓言中，精心編選了《給孩子的世界經典故事》系列，讓孩子走進天馬行空的故事世界，學會做人和處世的道理。

《伊索寓言》精選了 34 個相傳由古希臘文學家伊索所寫的故事。伊索曾不幸被賣為奴。後來他因非凡的智慧備受賞識，最終獲釋。落泊的經歷使他在作品中抨擊不公義的社會，並通過生動的比喻，教導世人正直、勤奮等價值觀，鼓勵人們面對強大的對手亦不要氣餒，孩子可從中學會做人處世的道理。

《格林童話》的 12 個故事，輯錄自 19 世紀德國格林兄弟出版的童話書。當時德國正面臨瓦解的局面，為了保存民族文化，格林兄弟蒐集民間故事，把它們編寫為給大人和小孩的童話書。格林兄弟力求保留故事的原貌，但部分內容並不適兒童，所以其後盡量淡化那些情節，好好潤

飾文字，使故事漸變成現今在市面上流通的版本。故事的主角大多以堅強、勇氣、正直等特質戰勝邪惡的敵人，孩子可從中學習良好的品格。

《安徒生童話》的 14 個故事，精選自 19 世紀丹麥作家安徒生的作品。安徒生家境貧困，加上父親早逝，自幼受盡白眼，以致長大後遊歷各地時，對愚昧貪婪、貧富不均等社會現象感受甚深。於是，他在作品中批叛這些社會醜惡，流露對貧苦百姓的同情，孩子可從中學會分辨真善美和假惡醜。

這些童話寓言或因創作背景，以致部分價值觀跟現今社會有些不同，然而當中不少道理，至今仍是至理名言。良好的讀物，會有生動有趣的文字，精美靈動的圖畫，詮釋得淋漓盡致的內容。跟孩子細細品讀的過程中，可以把多元的知識、豐富的情感、深刻的哲理、審美的趣味悄悄進駐孩子們的心田，讓孩子們變得更聰明，也更善於發現世間的美。

目 錄

龜兔賽跑

兔子嘲笑烏龜跑得慢，烏龜不服氣，決定和兔子比一比。他們約定，一個星期後在樹林裏進行跑步比賽，由綿羊當裁判。

到了比賽那一天，烏龜早早就來到比賽場地。過了一會兒，綿羊裁判來了。接着，其他觀看比賽的小動物們也都陸續趕來了。

大家都在焦急地等着兔子到場。過了很

久，兔子才晃晃悠悠地走來。

綿羊裁判宣布完比賽規則，大聲吹響哨子，比賽就正式開始了。

剛開始，兔子腿快，一溜煙就跑得沒了蹤影。烏龜也不着急，慢慢地一步一步向前走。

跑到中途，兔子回過頭，想看看烏龜到哪裏了，結果望了半天也沒見到烏龜的影子。

兔子得意地笑起來：「這烏龜，走得這麼慢，還敢跟我比賽，真是太傻了。我先在路邊好好睡一覺，醒來再跑也不遲。」說完，他就走到路邊，靠在樹樁上打起盹來。

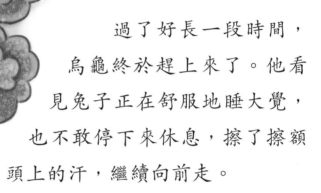

過了好長一段時間，烏龜終於趕上來了。他看見兔子正在舒服地睡大覺，也不敢停下來休息，擦了擦額頭上的汗，繼續向前走。

等到兔子醒過來的時候，太陽快要下山了，他打了個哈欠，伸伸懶腰，慢騰騰地起來向前走。

他一路上沒看見烏龜，以為烏龜還沒有趕上來。等快走到終點時，他看見烏龜差一步就要衝到終點了。

兔子大吃一驚，飛奔起來，結果還是沒能

趕上。於是，烏龜成了這次比賽的冠軍。

領獎時，綿羊裁判把金牌掛到烏龜的脖子上，稱讚他有努力拼搏的體育精神，還鼓勵森林裏的小動物們向烏龜學習。

龜兔賽跑的故事告訴我們，一個人沒有先天的優勢也不必灰心，只要做事情勤奮努力、堅持不懈，就有機會取得成功。

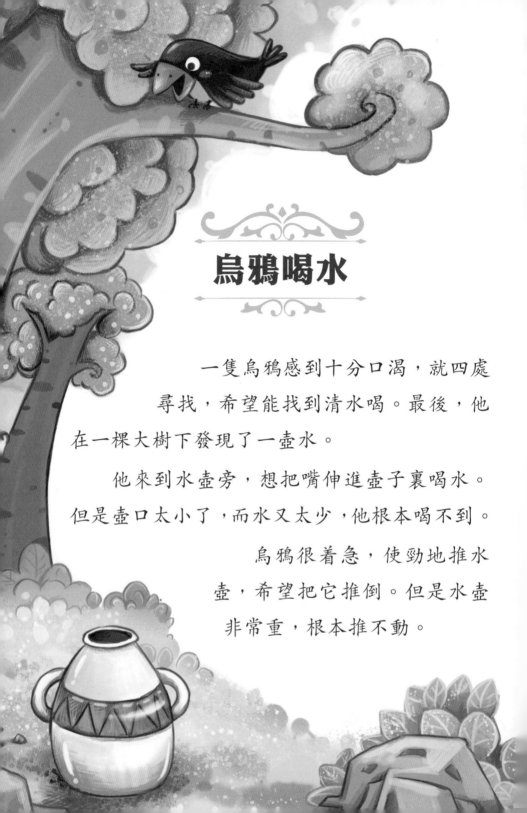

烏鴉喝水

一隻烏鴉感到十分口渴，就四處尋找，希望能找到清水喝。最後，他在一棵大樹下發現了一壺水。

他來到水壺旁，想把嘴伸進壺子裏喝水。但是壺口太小了，而水又太少，他根本喝不到。

烏鴉很着急，使勁地推水壺，希望把它推倒。但是水壺非常重，根本推不動。

烏鴉又渴又累，只好站在水壺旁邊休息。這時，他無意間看到了地上的小石子，於是想到了一個喝水的好辦法。

　　他用嘴銜起小石子，把它們一顆一顆地放進水壺裏。隨着壺裏小石子的增多，水面開始逐漸上升。最後，水一直升到壺口，烏鴉一伸嘴就能喝到水了。

　　多聰明的烏鴉啊！看來，智慧也是一種力量。做事情，光有力氣還不夠，還要好好動動腦筋想辦法，這樣才能取得成功。

老鼠開會

　　老鼠家族開了一次會議，內容是商議怎樣逃過貓的追捕。

　　那隻總追捕他們的貓可屬害了，走路時，一點聲音都沒有；向他們撲過來時，動作又快又準，像閃電一樣，一下子就能抓

住他們。老鼠家族已經失去好幾位成
員了。

老鼠們「吱吱吱」地吵個不停。一隻老
鼠說：「我們每次出去活動時，最好選一隻動
作敏捷的老鼠站崗放哨，一旦發現那隻貓的動
靜，就馬上通知其他老鼠。」

大家都覺得這是個很好的主意。但是誰都
不願意去放哨，因此這個辦法宣告失敗。

後來，又有幾隻老鼠想出一些辦
法，但都不太管用。會議一直開到
深夜。老鼠們心裏都很着急，
要是再想不出辦法，那隻貓
很快就要把他們全消滅了。

　　這時，一隻小老鼠站了
起來，說：「我想到了一個
好辦法。」

　　其他老鼠一聽，都催他：「快說！快說！」

　　小老鼠興奮地說：「我們可以在那隻貓的
脖子上掛個小鈴鐺。只要貓一動，鈴鐺就會響，
我們聽到鈴鐺聲就知道是貓來了，就能提前跑
開，這樣我們就不會被貓
抓住了。」

　　這個辦法真是太妙
了，老鼠們聽了都鼓起掌
來。他們激動地與這隻聰
明的小老鼠擁抱，並決定
推舉他做下一屆的鼠王。

最後，一隻年紀較大的老鼠站起來，説：「這是個好辦法，但是我有個問題。」

　　其他老鼠問：「什麼問題？」

　　年紀大的老鼠説：「我們派誰去把鈴鐺掛在貓的脖子上呢？」

　　他這樣一問，所有老鼠都不作聲了。結果到現在，老鼠們還是沒有辦法躲開貓的追捕。

　　看來，很多事情都是説得容易、做起來難。我們如果想真正解決問題，想的辦法就一定要切實可行，否則就只能是空想。

農夫和蛇

　　一個冬天的傍晚，天空紛紛揚揚地飄着大雪，農夫從市場買東西回來，在家門口看見了一條凍僵的蛇。

　　農夫知道蛇不是什麼好東西，本來不想救他，

但天寒地凍的，農夫看他實在可憐，就撿起他來放到自己的懷裏，想讓他暖和暖和。

過了一會兒，農夫的體溫讓蛇活了過來。蛇睜開眼睛，吐着舌頭，趁農夫不注意，狠狠地咬了他一口。

農夫中了致命的蛇毒，痛得大叫起來，他用手緊緊地搵着傷口，生氣地質問蛇：「我救了你的命，你怎麼還要害我？真是忘恩負義啊！」

蛇冷冷地回答道：「我們是敵人，你本來

就不應該同情我，把我救活的。我不會因為你救了我，就忘記我們之間的仇恨。」

農夫流着淚，痛苦地靠在椅子上。他後悔地說：「蛇是害人的東西，我不該可憐他。可憐惡人只會讓自己遭到厄運。」

這個故事告訴我們：對待惡人不能心軟。否則，不僅得不到回報，反而容易使自己受到傷害。

老鼠報恩

一隻獅子躺在大樹下睡覺，太陽曬得他暖洋洋的。一隻小老鼠在附近的草地上玩耍。小老鼠玩得太高興了，一不小心，就跳到了獅子身上，把獅子吵醒了。

獅子很生氣，大吼一聲，要把小老鼠吃掉。

小老鼠嚇得跪在地上，對獅子說：「獅子大王，求你別吃我！以後如果你遇到困難，我

會第一時間來幫助你的！」

看到小老鼠可憐兮兮的樣子，獅子心軟了，說：「看你這麼小，又這麼可憐，我就不吃你了。你走吧，別再吵我睡覺了。」

小老鼠很高興，感激地說：「謝謝你，以後我一定會報答你的。」

獅子笑了笑，並不相信老鼠能幫他什麼忙，他繼續閉上眼睛睡覺。

一天，獅子出來找吃的，一不小心被獵人抓住了。獵人用繩子捆住獅子，並把他綁在樹幹上。繩子非常結實，獅子沒辦法掙斷，只好着急地大聲吼叫起來。

正巧，小老鼠就住在這棵樹下的洞裏。他聽到獅子的叫聲，就從洞裏爬出來，想看看發生了什麼事。

看到獅子被捆綁着，小老鼠知道獅子有危險了，就用牙齒去咬繩子。他的牙齒又尖又細，幾下子就把繩子咬斷了，獅子得救了。

　　這時，小老鼠對獅子說：「獅子大王，你看，上次我說我能幫助你，並不是隨口說說的。我雖然個子小，但也能救你的命。我的用處還是很大的。」獅子這回相信了，再也不敢小看老鼠了。

　　瞧，這隻小老鼠真不簡單！所以，我們不要瞧不起小人物，因為很多時候，小人物也能起到大作用呢。

狐狸和葡萄

　　一隻狐狸在森林中找食物。他已經三天沒有吃東西了，肚子癟得像一隻沒氣的氣球。

　　狐狸來到一個葡萄架下面，看到那些葡萄又大又圓，饞得口水直往下流。可不管他踮起腳尖還是跳起來，都咬

不着葡萄，因為葡萄架實在太高了。他失望地坐在草地上唉聲歎氣，想不出一個好辦法來。

最後，狐狸確定自己是吃不到葡萄了，就站起來，望着葡萄架，撇撇嘴說：「這些葡萄還是青色的，肯定很酸，要不然早就被別人吃光了。」

多麼可笑的狐狸啊！有些人就像這隻狐狸一樣，得不到某些東西，就說那東西不好。

其實，這是自欺欺人。對於想要而又得不到的東西，我們不要否認它的價值，而要正確地看待它。

狼和小羊

一天，一隻小羊來到一條小河邊喝水。河水清涼甘甜，小羊喝完了水，又洗了把臉，感到非常涼爽。

這時，一隻狼恰好從那裏經過。

狼非常飢餓，看見肥嫩的小羊，忍不住口水直流。

　　狼高興地自言自語：「今天我真幸運，能
遇到這麼肥嫩的羊。我已經很久沒有嘗到羊肉
的滋味了。」

　　狼剛要衝上去抓住小羊，轉念一想：這樣
吃他顯得我太凶惡了。我得找個合理的借口。
這樣，其他動物就不會說我不講道理了。

　　於是，狼走到河的上游，生氣地責備小羊：
「你這個小壞蛋，把我要喝的水弄髒了，真是
太可惡了！」

　　小羊看見狼，嚇得渾身發抖。他戰戰兢兢

地回答：「狼先生，我
是站在岸邊喝水的，而且我在您
的下游，是不會把上游的水弄髒的。」

　　狼看了看他們的位置，覺得確實是這樣。
他想了想，又對小羊說：「就算你沒有把我的
水弄髒，但是我聽說，去年你說過我的壞話。」

　　小羊又急又怕，小心翼翼地回答：「狼先
生，這絕對不是真的。去年我還沒出生呢，絕
對不可能說您的壞話。」

　　狼看了看小羊，發現他確實很小，只是一

隻剛出生不久的小羊羔。

　　這下，狼想不出別的理由了。他氣急敗壞地對小羊說：「你說的沒錯，但是我現在很餓，所以我要把你吃掉！」

　　說完，狼迅速撲向小羊，飽餐了一頓。

　　這個故事說明，對於那些存心要做壞事的人來說，任何辯解都不起作用。我們要看清壞人的真面目，不要被他的表面理由欺騙了。

馱鹽的驢

　　一天，主人讓驢子馱一袋鹽到河對岸的親戚家裏去。驢子馱着沉重的鹽袋，吃力地過河。一不小心，他摔了一跤，倒在了河裏。等他爬起來時，發現身上的鹽袋輕了許多。

　　原來鹽在河水裏化掉了很多，所以變輕了。就這樣，驢子輕鬆地到了河的對岸。

後來主人
再讓驢子馱鹽
過河時，驢子
就學會了偷懶，
每次走到河中間都
故意摔跤。沒過多久，
主人就發現了驢子的詭計。

主人十分生氣，決定懲罰驢子。這天，主人讓驢子馱棉花到河對
岸。過河的時候，
驢子又故意摔了
一跤，等到他想站
起來時，背上的棉花
吸飽了水，壓得他站不
起來了。

這時主人來到河邊，
驢子向他求救：「親愛的
主人，快點救救我吧，我

快要淹死了！要是我死了，
就沒有人替您幹那些重活
了。」

　　主人生氣地對他
說：「你這個偷懶的
傢伙！前幾次我讓
你馱鹽，每次你
都用這種方法偷
懶，害我損失
不少。今天不讓你吃點苦頭，你是不會學老實
的。」

　　驢子聽了主人的話，知道是主人在懲罰自
己，於是大哭起來。主人見驢子一副可憐的樣
子，於心不忍，就下到河裏，把他救了上來。

　　驢子的教訓告訴我們，無論做什麼事情，
都要腳踏實地，不要動歪腦筋偷懶，否則，最
後吃虧的只會是自己。

斷尾巴的狐狸

一天，一隻狐狸被獵人的鐵夾子夾住了。他用盡力氣掙扎，總算掙脫了夾子，可是尾巴卻被夾斷了。

森林裏的動物們看到狐狸沒了尾巴，都嘲笑他。

斷尾狐狸心裏很難受，決定勸別的狐狸都割掉尾巴，這樣大家都是斷尾狐狸，就不會再嘲笑他了。

他把同伴們召集起來，說：「尾巴是個累贅，沒有了它，身體會輕鬆、方便很多。大家都剪掉尾巴吧！」

一隻狐狸站起來反駁：「你勸我們剪掉尾巴，是別有用心吧？在你失去尾巴之前，我們怎麼從來沒聽你說過這些好處呢？」

斷尾狐狸聽了，一句話也說不上來。

這個故事說明，自己都不想做的事，就不應要求別人去做。待人要誠懇、表裏如一，只有這樣，才能得到別人的信任和尊重。

兒子和畫中的獅子

從前有一位富商，他老年得子，因此對兒子很疼愛，不讓他受一點兒委屈。

兒子長到了十三歲，非常聰明。他很喜歡打獵，每個星期都要約上一大羣好朋友，一起到森林裏去抓野兔、山雞。

剛開始時，父親見兒子因為打獵，身體變得強壯了，感到很高興。但是有一天，父親做了一個夢，夢見兒子被一頭獅子咬死了。

　　父親心裏非常害怕，就勸兒子：「孩子啊，我夢見你打獵時被獅子咬死了。打獵很危險，你以後別再去吧。」

　　兒子覺得父親大驚小怪，根本沒把他的話放在心上，仍舊每個星期都和朋友們上山打獵。父親整天在家裏為兒子擔心。最後，他決定蓋一座房子，把兒子關在裏面保護起來。

房子建成後，父親就把兒子關在裏面。為了讓兒子開心，他讓人在屋裏的牆壁上畫上了各種各樣的動物，其中也有獅子。

剛開始，兒子覺得新鮮，可是沒過幾天，他就感到厭煩了。有一天，他實在忍不住了，對着牆上的獅子罵道：「可惡的獅子，都是因為你，我才像個囚犯一樣被關在這裏。我真恨不得把你撕成碎片！」說着，忍不住揮拳朝牆上打去。誰知，牆上有一根尖刺扎破了他的手，讓他流了很多血。

父親趕緊找來最好的醫生醫治兒子，但是傷口已經發炎了。沒過多久，炎症蔓延全身，

最後兒子發起了高燒，不久就病死了。

父親傷心欲絕，哭着說：「可憐的孩子啊，我的夢應驗了。我把你保護得那麼好，你還是被獅子害死了呀！」

鄰居聽了他的話，卻說：「獅子沒有害死你的兒子，是你對他的過分保護害了他。」

父母愛護子女沒有錯，但是不要溺愛和過分保護。否則，不但幫不了孩子，反而會害了他們。

跳舞的狼

　　一天傍晚，回家的時間到了，綿羊們都緊跟在牧童身邊，朝回家的方向走去。

　　一隻最小的綿羊很調皮。他一邊走，一邊東張西望，很快就落後了。

　　不遠處有一隻狼，他看見那隻小綿羊掉隊了，就走到小綿羊身邊，對他說：「親愛的小羊羔啊，我的肚子餓極了，你來做我的晚餐吧。」

小綿羊聽了狼的話，十分害怕。
他知道自己根本不是狼的對手，要想活
命，就得想個辦法。

　　小綿羊鎮定地對狼說：「狼先生，我知道
我會成為你的食物。但我這麼小，很多人都沒
聽說過我，我可不想這麼默默無聞地死去，我
想在死之前給自己舉行一個隆重的葬禮，可以
嗎？」

　　　　狼覺得他說的有道理，就問：
「那你想怎麼辦呢？」

小綿羊回答道：「不如我唱歌，你來給我伴舞，好嗎？」狼聽説要跳舞，有點猶豫。

小綿羊見狼不説話，就央求道：「狼先生啊，我快要死了，您就答應我這個請求吧。」狼覺得小綿羊橫豎都是他的晚餐，就答應了。

於是，小綿羊大聲地唱起歌來。

還沒走遠的牧羊犬聽見小綿羊的歌聲，就回過頭來找小綿羊。

見到牧羊犬，狼嚇得趕緊跑了。

43

狼心裏懊悔極了，我真是一個大笨蛋啊，竟然上了小綿羊的當。早知道我就不聽他那些瞎扯的話，一口把他吃了。

　　小綿羊得救了，大家都誇他聰明，還說以後向他學習呢。

　　聰明的小綿羊以他的經歷告訴我們，遇到危險時，不要和強大的敵人硬拼，因為那樣很可能讓自己受到更大的傷害。我們應該保持冷靜，運用聰明才智化解危機。

戀愛中的獅子

　　一隻獅子愛上了一個農夫的女兒，於是帶着許多禮物，到農夫家裏求婚。

　　農夫不想把女兒嫁給獅子，但是又不敢直接拒絕他，就騙他說：「我同意把女兒嫁給你，不過我要問問女兒的意見。你先回去，過幾天再來吧。」

獅子聽了很高興，就唱着歌回山洞裏去了。

過了幾天，獅子又來到農夫家裏，問農夫什麼時候辦婚事。

農夫已經想出個好辦法來對付獅子。他假裝很為難的樣子，對獅子說：「我很希望你來當我的女婿，但是我的女兒說，一看見你的牙齒和爪子，她就害怕。所以，你要是不把它們

清理掉，她是不敢嫁給你的。」

　　獅子一心想娶農夫的女兒，就沒有多想，一口氣跑回山洞裏，拔掉了牙齒，剪掉了指甲。

　　當獅子再次來到農夫家裏的時候，農夫見他沒了牙齒和指甲，就拿着棍子，把他打出了家門。

　　這個故事啟發我們，千萬不要輕易把自己的武器或優勢丟掉。否則，就沒有足夠的力量來保護自己了。

鳥、獸和蝙蝠

　　從前，在飛禽和走獸之間發生了一場大戰。蝙蝠有四隻腳，像走獸；又有一對翅膀，像飛禽。他不知道自己應該站在哪邊。

　　剛開始時，蝙蝠還不能確定哪一邊會贏，

他狡猾地想：我先等一等，看哪邊勝利的可能性大就到哪邊去。

過了一段時間，走獸看起來要贏了，蝙蝠決定加入他們那一邊。

因為蝙蝠有翅膀，能在空中和飛禽們戰鬥，所以走獸們很歡迎蝙蝠加入他們的隊伍。

但是好景不長，飛禽在空中佔了更大的優勢，因為他們可以隨時下來攻擊走獸，所以走獸們很快就落敗了。

蝙蝠見走獸這邊失敗了，就拍拍翅膀，投靠了飛禽那一邊。

最後，飛禽和走獸打了個平手，雙方都主張議和。他們派出各自代表進行談判，約定以後和平相處。

閒聊時，老鷹說：「剛開始，你們隊伍中有隻會飛的四腳動物，他很厲害嘛，讓我們吃

了不少虧。」

獅子聽了，説：「你們隊伍中也有個會飛的四腳動物，把我們弄得無頭爛額。」

雙方説來説去，最後發現説的是同一隻動物——蝙蝠，大家都很氣憤。

老鷹對蝙蝠説：「我們鳥類不歡迎你這樣的叛徒，你不屬於我們飛禽大家族。」

獅子也對蝙蝠説：「你雖然是獸類，可是你背叛過我們，我們獸類也不歡迎你。」

蝙蝠不敢在其他動物面前出現，只好等夜裏所有的動物都睡着了，才出來尋找食物。從那以後，蝙蝠就只能在夜間活動了。

蝙蝠的故事告訴我們，無論做什麼事情，都要堅定自己的立場，不能搖擺不定，否則就得不到好下場。

熊和兩個旅行人

從前，有兩個人很要好，他們經常待在一起，有好吃的東西一起吃，有好玩的東西一起玩。別人都非常羨慕他們。

有一天，他倆一起出門辦事，需要翻過一座山，到對面的村莊去。兩人在路上有說有笑，十分開心。

突然，迎面來了一隻黑熊。其中一個人一見黑熊，什麼也沒說，立即爬上身邊的一棵樹上藏了起來。另一個人不會爬樹，又沒有地方躲，急得腿都軟了。

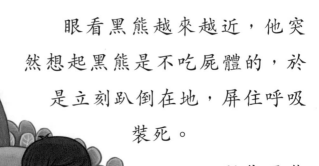

眼看黑熊越來越近，他突然想起黑熊是不吃屍體的，於是立刻趴倒在地，屏住呼吸裝死。

那隻黑熊來到他面前，聞了聞他的臉。

過了好一會兒，他確定這個人真的「死」了，就離開了。

一直等到黑熊走遠了，這個人才慢慢爬起來，拍拍身上的灰塵，擦擦額頭上的汗，然後自己一個人走了。

他的朋友從樹上跳下來，喊住他：「你怎麼不叫我一聲就走了？」

這個人想了想，回答說：「因為剛才黑熊在我耳邊告訴我一句話，所以我不想和你一起走了。」

朋友聽了他的話，覺得很奇怪，就問：「黑

熊跟你說什麼了？」

　　這個人冷冷地回答：「他告訴我，以後不要再和那種一遇到危險就不管別人死活，只想着自己逃命的朋友來往了。」

　　說完，這個人就快步走了，他的朋友在後面羞愧得抬不起頭來。

　　不能和我們共患難的朋友不是真正的朋友。這類人常會以朋友身分自居，可是一旦遇到危險，就會馬上拋棄你。所以我們要小心交朋友。

小偷和他的母親

　　有一個母親非常溺愛她的孩子。有一天，孩子從學校裏偷了一本練習簿回家。

　　母親知道這件事後，不但沒有批評、責怪孩子，反而誇他聰明。孩子得到母親的誇獎，以為自己做的事情是正確的，十分得意。

　　過了幾天，孩子又偷了同學的一件外套交給母親。母親又誇獎了他一番，他更加得意了。

　　由於得到母親的支持和稱讚，孩子的膽子越來越大，整天想着去偷那些值錢的東西。

　　幾年以後，他偷的東西越來越多。一次，他偷東西的時候，被人們當場抓住，送進了監獄。那時候，偷東西是要被判死刑的。

　　到了執行死刑的那一天，小偷被銬住雙手帶到刑場上。他的母親傷心地坐在地上大哭。

　　臨行刑前，小偷對法官說：「我有幾句話想對我的母親說，請您允許。」

法官見小偷臨死前還惦記着母親，就答應了。母親得知兒子要和她說話，急忙走到兒子面前。母親一湊近，小偷就使勁咬住了她的耳朵。母親痛得用手捂住耳朵跑開了。

　　她生氣地大罵兒子：「你真是不孝啊！自己犯了罪不知悔改，還要傷害自己母親。」

小偷傷心地說：「媽媽，以前我偷同學的練習簿時，如果您能像現在這樣罵我一頓，而不是誇獎我，我就不會落得今天的下場了。」

　　小偷的結局讓我們明白，溺愛不是真正的愛，真正的愛是糾正孩子的錯誤，教育他們做個誠實、善良的人。

獅子和海豚

　　一隻獅子來到大海邊，看到海豚在海裏游泳，就想：海豚這麼能游泳，一定很屬害。如果我跟他結盟，力量不就變得更強大了嗎？

　　於是，獅子對海豚說：「親愛的海豚，我們結盟吧。我是草原之王，你是

60

海中之王，我們兩個結盟，一定會變得更強大。這樣，我們兩個就天下無敵了。」

海豚覺得這話很對，就和獅子結拜為兄弟。

過了一段時間，獅子和野牛打架。眼看快要被打敗了，獅子大聲向海豚求救：「海豚兄弟，你快點出來幫我呀！」

海豚聽了，就從海裏跳出來。可是他沒有腿，根本上不了岸。他試了很多次，都沒有成功。

結果，獅子吃了敗仗。

獅子見海豚沒有來幫忙，非常生氣，大聲地對海豚說：「虧我還把你視為最好的朋友，你居然不幫我，真是太對不起我了。」

　　海豚委屈地說：「你不能怪我，要怪就怪老天爺吧，是祂讓我不能上陸地的。」

　　可憐的獅子啊，他要明白，遇到困難時，不要一味抱怨朋友不肯幫忙，有時他們也是有心無力啊。我們要學會理解別人的難處才對。

披着羊皮的狼

　　一隻狼覺得整天找食物很麻煩，就想偽裝成羊的樣子混進羊羣，他認為這樣既能輕鬆吃到羊肉，又不會被人追趕。於是，狼用羊皮把自己裹起來，悄悄溜進了羊羣。

　　白天，狼和羊待在一起，他假裝像羊那樣

吃青草。到了晚上，狼和羊都被關進了羊圈。狼想，這下可有機會下手了。他剛想抓一隻羊當晚餐，就聽見有腳步聲傳過來。狼嚇了一跳，馬上老老實實地待在那裏，不敢再動了。

這腳步聲是牧羊人的，他想宰一隻羊來當晚餐。牧羊人

拿着一把刀，把他看到的最大的一隻羊殺了，而那隻「羊」剛好就是狼偽裝的。

　　牧羊人剝羊皮時，發現裏面竟然是一隻狼，感到很驚訝，接着他明白了：這隻狼披着羊皮混進了羊羣，是想偷羊吃。幸好被他殺了，不然損失就大了。後來，牧羊人加倍小心，提防有狼再來打羊的主意。

　　這個故事告訴了我們這樣一個道理：做人一定要老老實實。偽裝自己，遲早會被發現，最後倒霉的還是自己。

虛榮的小鹿

　　一天，小鹿十分口渴，就來到一處泉水邊。他低下頭正準備喝水，突然看到了自己在水裏的倒影。

　　小鹿覺得自己的角細長優美，心裏很得意。可是在無意間，他注意到了自己的腿。小鹿認為他們太長了，顯得很難看。他心裏很沮

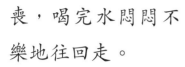

喪，喝完水悶悶不
樂地往回走。

　　突然，小鹿發現前
方不遠處有一隻大獅子。
他嚇得撒腿就跑。獅子也看
見小鹿了，張嘴大吼一聲，朝
小鹿追來。

　　小鹿沒跑多久，就把獅
子遠遠地甩在了後面。於
是，小鹿放慢速度，跑進
叢林裏，想好好休息一
會兒。叢林裏藤蔓纏
繞，他的角不小心
被樹上的一根藤
纏住了。不管
他怎樣掙扎，
都掙脫不了。

最後，獅子追了上來，把小鹿抓住了。

小鹿感歎道：「我真是太虛榮了，我的腿雖然醜陋，可在危急時刻卻能救我的命；我的角雖然好看，卻讓我丟掉了性命！」

所以，無論看人還是看待事物，都不能只看漂亮的外表，貪慕虛榮往往會讓我們看不到事物的真正價值，從而作出錯誤的判斷。

狐狸和綿羊

　　一個夏天的中午，太陽火辣辣地照在大地上。一隻狐狸整個上午都在尋找食物，可還是一無所獲，又累又渴。他突然看到前面有一口井，高興極了，心想：太好了，我可以先喝水，然後再洗個澡。

　　狐狸來到井邊，伸長脖子

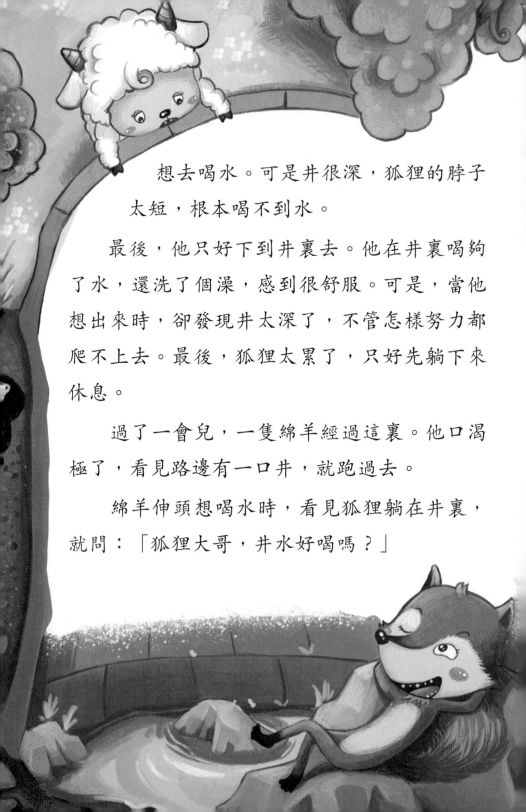

想去喝水。可是井很深，狐狸的脖子太短，根本喝不到水。

最後，他只好下到井裏去。他在井裏喝夠了水，還洗了個澡，感到很舒服。可是，當他想出來時，卻發現井太深了，不管怎樣努力都爬不上去。最後，狐狸太累了，只好先躺下來休息。

過了一會兒，一隻綿羊經過這裏。他口渴極了，看見路邊有一口井，就跑過去。

綿羊伸頭想喝水時，看見狐狸躺在井裏，就問：「狐狸大哥，井水好喝嗎？」

狐狸抬頭看見綿羊，裝出一臉燦爛的笑容，甜甜地對他說：「井水又清又涼，還帶着一絲甜味，你要是不信，可以下來嘗嘗。」

綿羊一心想喝水解渴，聽了狐狸的話，就沒有多想，一下子跳進井裏，大口大口地喝起水來。等到喝飽了，他回頭對狐狸說：「真舒服啊！現在我們出去吧。」

狐狸慢悠悠地說：「綿羊弟弟，這口井有點深，我們出不去了。」

綿羊這才開始仔細地觀察井壁。他試了幾次，果然爬不出去。

綿羊着急地問道：「這可怎麼辦？狐狸大哥，你快想想辦法吧。

不然，我們都出不去了。」

狐狸聽了，皺着眉頭，假裝在想辦法。

過了一會兒，狐狸對綿羊說：「綿羊弟弟，我想到一個好辦法。你把前腳放在井壁上，低下頭來，我踩着你的背先爬出去。等我上去了，再拉你上來。你看這個辦法行嗎？」

綿羊聽了，覺得是個好辦法，就答應了。他低下頭，趴在井壁上。狐狸跳到綿羊背上，扒着井口，使勁一撐，就順利地上去了。

狐狸上去後，拍拍身上的灰就準備走。

綿羊見狐狸要走，連忙大喊：「狐狸大哥，你要是把我丟下不管，就是不講信用，是個大壞蛋！」

狐狸聽到綿羊的叫罵聲，就回到井邊，笑着對困在井底的綿羊說：「你還真是一個大笨蛋！你應該先想好出來的辦法，再跳到井裏去喝水。現在，你出不來是活該，要怪就怪你自己笨，這可怨不得我。」說完，就哼着小調走了。

這個故事告訴我們，不管做什麼都要動腦筋，不要輕易相信別人。如果做事前不想清楚，事後就容易後悔。

田鼠和家鼠

　　田鼠與家鼠是表兄弟，田鼠住在鄉下，家鼠住在城裏。

　　一天，田鼠在田裏幹完了活，看到今年的收成很好，就想：家鼠表哥住在城裏，一定沒嘗過新鮮的農產品，我可以邀請他到家裏來作客。於是，田鼠就給家鼠寫了封邀請信。

　　過了不久，家鼠來到鄉下，田鼠精心準備了新鮮的蘋果、棗子、麥子和穀子，熱情地請家鼠吃。

家鼠一邊啃棗子，一邊打量田鼠的家。最後，他對田鼠說：「表弟，鄉下的食物雖然是最新鮮的，可哪比得上城裏的奇珍異味呀！過幾天你跟我一起到城裏去看看，我保管讓你大開眼界。」

　　田鼠聽了家鼠的話，心裏有點兒慚愧，於是決定跟家鼠一起到城裏去看看。

　　田鼠跟着家鼠來到了城裏，街上高樓林立，各種商品讓田鼠看得眼花繚亂。家鼠把田鼠領到一所房子門口，看看沒有人注意，才悄悄地溜進屋裏。

　　家鼠帶田鼠來到廚
房裏看各種各樣好吃的
糖果和飯菜。田鼠看了
稱讚不已，非常羨慕家鼠的好生活。

　　他們剛想去吃東西，這家的主人走進了廚
房。家鼠一聽到聲響，嚇得趕緊拉着田鼠鑽進
了洞裏。

　　過了一會兒，他們聽
到屋裏沒動靜了，才
探出頭來。誰知，
這家的主人並沒

有走，家鼠一見到他，嚇得渾身發抖，慌忙地逃回洞裏。

這時，田鼠顧不上飢餓了，對家鼠說：「我的好表哥，我們還是再見吧！你自己去盡情地享受這些好吃的東西吧。我可不想再擔驚受怕了，我還是回鄉下去啃大麥和棗子，平平安安地過普通生活吧。」

讀完這個故事，你的感受是什麼呢？有時候，清貧、安穩的日子要比擔驚受怕的富裕生活幸福得多。每個人都有自己的生活方式，只要自己覺得快樂、滿足就好，沒有必要在意別人怎麼想。

牛欄裏的鹿

有一天，小鹿獨自下山去玩耍，不小心被獵人發現了。獵人放出獵狗去追趕他。小鹿慌不擇路，跑進了一個農家院子裏。

這個院子空蕩蕩的，根本沒有地方可以躲藏，小鹿急得快哭了。

這時，拐角處的牛欄裏傳來了牛的叫聲，小鹿趕緊跑過去，藏

在牛羣的身後。

　　一頭牛好心地提醒小鹿：「喂！小鹿，牛欄本來就是關動物的地方，你躲到牛欄裏，等於把自己交到了人的手裏，這不是自投羅網嗎？」

　　小鹿哪裏還管得了這麼多，回答説：「牛大哥，我只是暫時藏在這裏，只要你們不把我交出去，到時候我一定會找機會逃走的。」

這時候，傭人來餵牲口了，但她並沒有發現小鹿。小鹿在心中暗暗慶幸自己總算躲過了獵人的追捕。

小鹿感到自己安全了，就對那頭好心勸告他的牛說：「牛大哥，這次真的太感謝您了，我已經躲過追捕了。」

另一頭牛聽了小鹿的話，說：「小鹿啊，你不要放鬆警惕。過一會兒，這家的主人就會過來。他對什麼東西都十分留心，只有他沒

發現你，你才能算得上真
正安全了。」

小鹿覺得剛
才那個人那麼
馬虎，沒有
發現自己，
就以為人類
也沒什麼大不了的，於是沒有把牛的話放在心
上。

這時，主人進來了，他在牛欄裏走來走去，
先翻了翻飼料，又開始仔細地檢查每個角落和
每樣東西。

不久，主人發現有一隻鹿角露在飼料上
面，馬上叫人抓住了這隻小鹿，把他殺掉了。

這個故事教導我們，做事情一定要想得全
面、長遠一些，不能因為眼前小小的成功而驕
傲，否則失敗就會接踵而來了。

想飛的烏龜

有一天，一隻烏龜看見老鷹在藍天自由飛翔，心裏非常羨慕。他對伙伴們説：「我要是能像老鷹那樣在天上飛就好了。」

伙伴們都勸他説：「我們烏龜又沒有翅膀，是不可能飛起來的。」

這隻烏龜不聽同伴們的話，仍然想飛上天。他先練習

離開水，等慢慢適應後，
就開始在地面上進
行小小的跳動。
他搖動前爪，
盡量伸長脖
子，一跳
一跳地向前
走。

　　一天，烏龜又在練習。休息時，他抬頭望
着天空，看見老鷹正在天上飛。烏龜大喊：「鷹
大哥，鷹大哥！」

　　老鷹聽見烏龜在喊他，就飛下來落到一塊
石頭上，問道：「你叫我有什麼事情？」

　　烏龜用羨慕的眼光望着老鷹，說：「鷹大
哥，你能教我飛嗎？」

　　老鷹笑着說：「你又沒有翅膀，怎麼教也
飛不起來的。」

　　烏龜不同意，一遍一遍地苦苦哀求老鷹。

老鷹被烏龜纏得沒辦法，只好答應帶他飛一次。老鷹用爪子把烏龜抓起來，朝空中飛去。

老鷹越飛越高，烏龜看見下面的房屋和行人變得像螞蟻一樣小，興奮得叫起來：「鷹大哥，快把我放了吧，我要自己飛！」

老鷹不放心地問：「你行不行啊？要不，我把你送回地面吧？」

烏龜聽了大聲嚷嚷：「不，我可以的，你快把我放了！」

老鷹只好鬆開爪子。他還沒來得及對烏龜再說上一句話，烏龜就直直地掉了下去，摔了個四腳朝天。

老鷹趕緊飛到烏龜身邊，問他：「你沒事吧？」烏龜艱難地翻過身來，痛得咧着嘴說：「我沒有翅膀卻想飛，真是自作自受。」

這個故事很好地啟發我們，不要脫離現實，勉強自己做不可能成功的事情，否則只會吃力不討好。

85

狼來了

　　從前，有個牧童趕着羊羣，到山上去放牧。有一天，他在放牧時覺得很無聊，就扯着嗓子叫喊：「狼來了，狼來了，救命啊！」

　　山下的村民聽到了，都趕忙拿着棍棒來打狼。牧童看見村民們驚慌失措的樣子，大笑着說：「沒有狼，我是騙你們的。」

　　村民們有些生氣，就教訓了牧童幾句，然

後離開了。

　　過了幾天，牧童想起上次
村民們慌亂的樣子，心裏直癢
癢。

於是，他忍不住又大聲喊起來：「狼來了，狼來了，救命啊！」

山下的村民聽見了，又一次拿着棍棒趕上山來，但是仍然沒有看見狼。村民們很憤怒，大聲責罵了牧童一頓，才生氣地下山去了。

後來有一天，狼真的來了。牧童害怕地對着村裏拼命呼喊：「狼來了，狼來了，快救命啊！」

可是，村民們以為他又說謊，都不願意理睬他。結果，牧童的羊被狼吃掉了。

牧童的故事告訴我們，做人要誠實，不能撒謊。那些常常撒謊的人，即使說真話也沒人相信了。

金斧頭和銀斧頭

一個樵夫不小心把斧頭掉到河裏。河裏的水流很急，斧頭一下子就被沖走了。樵夫家裏很窮，已經買不起斧頭了，他急得坐在地上哭了起來。

天上的火神赫爾墨斯聽見樵夫的哭聲，就飛下來問他出了什麼事。樵夫把丟了斧頭的事情告訴他。

赫爾墨斯見樵夫這麼可憐，就親自下河去找斧頭。過了一會兒，他撈起一把金斧頭，問樵夫：「這是不是你丟失的那把斧頭？」樵夫搖了搖頭，說：「不是。」

　　赫爾墨斯又下到河裏。這次他撈起一把銀斧頭來，問樵夫：「你掉下去的是不是這一把？」樵夫依然搖頭。

　　第三次，赫爾墨斯把樵夫的斧頭撈上來了。樵夫高興地說：「這正是我丟失的斧頭，實在太感謝你了！」

　　赫爾墨斯見樵夫為人誠實禮貌，就把金斧頭和銀斧頭一起送給他。

樵夫回到家裏，高興地把自己的神奇經歷告訴鄰居們。

　　一個年輕人也想得到金斧頭和銀斧頭，就帶上自己的斧頭來到河邊。他故意把斧頭丟到湍急的河水中，然後學樵夫那樣坐在地上傷心大哭。

　　赫爾墨斯出現了，問他出了什麼事。年輕人說他的斧頭掉到河裏了。

　　赫爾墨斯撈起一把金斧頭，問是不是他丟的那把。

　　年輕人一看到金光閃閃的斧頭，急忙回答說：「對，這正是我弄丟的斧頭。」

　　見他撒謊，赫爾墨斯生氣地一揮手，把金斧頭扔進河裏，然後飛走了。結果，年輕人不僅沒得到金斧頭，反而連自己的斧頭也丟掉了。

　　這個年輕人受到的教訓讓我們懂得，做人要誠實。那些貪婪、狡猾的人不僅得不到自己想要的，而且連自己原有的東西也會失去。

狼和牧羊人

　　牧羊人知道狼是羊的天敵，對他非常警惕。他時刻看守着自己的羊羣，不讓狼有絲毫接近的機會。

　　附近的狼已經很久沒抓到羊了，一個個都餓得有氣無力。

　　有一天，一羣狼聚在一起商量，

究竟用什麼
辦法才能取得牧羊人
的信任，好讓他們飽餐一頓。

最後大家一致決定，讓一隻狼老老實實地
跟着羊羣，開始時先不急着下手，等到牧羊人
放鬆警惕時，再出其不意地發動攻擊。

於是，他們選了一隻健壯的狼去接近牧羊
人和羊羣。

那隻狼按照同伴們的要求，只是跟着羊羣
走，一點壞事也不幹。

開始時，牧羊人一直把狼當作敵人，小心
翼翼地看護着羊羣，不讓狼靠近。

但是一連過了幾天，那隻狼只是一聲不吭地跟着走，絲毫沒有要吃羊的意思。

牧羊人漸漸地放鬆了警惕，不再提防狼了。

又過了幾天，狼還是沒什麼動靜，只是跟着羊羣走，有時甚至幫助牧羊人趕走其他想吃羊的動物。

牧羊人於是產生了錯覺，認為這是一隻老實的護羊犬，就對狼很放心了。

有一次，牧羊人有事要去城裏一趟，他就把羊羣交給狼看守。

等到牧羊人走了，狼立刻咬死了大部分的羊，然後叫上同伴

們，把羊運回山洞裏。

　　牧羊人回來後，發現羊損失了一大半，十分後悔：我真是活該，明明知道狼是吃羊的，為什麼要把羊羣托付給狼呢？

　　對本性邪惡的人，一定要時刻警惕，千萬不能對他們產生幻想，不然就容易上當受騙。

牧羊人和野山羊

　　牧羊人很喜歡他的綿羊，總是餵他們最好的飼料，把他們帶到最肥沃的草地吃草。

　　有一天，牧羊人正在放羊，一羣野綿羊走過來和他的綿羊一起玩耍。到了傍晚，兩羣羊也不肯分開，於是牧羊人把野綿羊一起趕回了家。

接下來的幾天，因為下大雨，不能到外面牧羊，牧羊人只好在圈裏餵養他們。

牧羊人心想：要是這羣野綿羊不再回到山上去，我就發大財了。於是，他把最好的飼料給了野綿羊，卻給自己的綿羊放很少的草料。

過了幾天，大雨停了，牧羊人又到草地上放羊。野綿羊一到草地，就往山上跑去。

牧羊人追了一陣子，沒有追上，於是大喊道：「你

們這羣忘恩負義的傢伙，我養了你們這麼多天，給你們吃最好的飼料，你們竟然就這樣跑掉了！」

野綿羊回過頭來說：「正因為這樣，我們才更應該當心。我們剛來，你對我們那麼好，卻虧待跟你很久的綿羊。將來如果又有別的羊來，你一定又會虧待我們的。」

我們可別像這個牧羊人那樣喜新厭舊，否則，就得不到別人的信任，交不到真正的朋友。

驢子和狼

一頭驢子正在山上悠閒地吃草，突然看見遠處有一隻狼朝他走來。

驢子十分害怕，想撒腿就跑，可是來不及了，狼已經看到他了。

驢子知道自己根本跑不過狼，只好讓自己鎮定下來。為了對付凶惡的狼，驢子想到了一個好辦法。他裝作後腿受了重傷的樣子，一瘸一拐地向狼走去。

狼看到驢子不但不逃跑，反而向自己走來，感到很奇怪。等驢子走近了，狼問道：「你見到我怎麼不趕快逃跑呢？」

驢子回答說：「我的腿瘸了，就算跑也跑不掉，所以乾脆自己主動過來了。」

狼聽了驢子的話，得意地笑着說：「算你

有自知之明，你是頭聰明的驢子。不過，你再聰明也沒有用了，過一會兒，你就會成為我美味的午餐。」

驢子聽了狼的話，裝出很順從的樣子說：「是啊，我知道自己一定會被你吃掉，所以不會反抗的。但是我要提醒你，剛才我翻籬笆的時候，腿上扎了一根刺，如果你不先把它拔出來，吃的時候一定會卡住喉嚨的。到時候，你可別怪我事先沒有告訴你。」

聽了驢子的話，狼信以為真，就蹲下來，抬起驢子的腿，仔細地檢查起來。

這時，驢子趁機狠狠地朝狼的臉上踢了一腳。狼痛得捂住臉大叫起來。驢子趁勢又踹了他幾腳，然後趕緊逃走了。

狼痛得叫了半天才緩過勁兒來。他摸摸眼睛和嘴巴，發現一顆大牙被驢子踢掉了。

狼從地上爬起來，想找驢子算賬，可是哪裏還有驢子的蹤影呀！

瞧，多聰明的驢子！面對強大的敵人，他表現得冷靜而勇敢，運用智慧打敗了敵人。我們都應該學一學驢子的沉着和勇氣。

作客的狗

黃狗的主人準備邀請朋友來家裏吃飯，而黃狗也想邀請他的朋友來作客。

黃狗對朋友灰狗説：「我家主人要請客，到時候一定會有許多好吃的，你也來吃吧。」

宴會那天，灰狗大搖大擺地來了。一進大門，他就看見院子裏擺滿了豐盛的飯菜。

　　灰狗站在那裏饞得口水直流，心想：黃狗這傢伙果然沒騙我，今天我可以好好吃一頓了，哈哈！真是讓人高興啊！

　　灰狗鑽到桌子底下，看見他的朋友還蹲坐在那裏安靜地等待着，就問道：「喂，你不是請我來作客嗎，怎麼還不開始吃啊？」

　　這時，廚師正好出來上菜。他看見灰狗的尾巴搖來搖去，一副貪婪的樣子，就放下盤子，陰着臉說：「這些狗真是太討厭了，主人和客

人還沒吃飯，他倒先
來搖尾巴想吃了。」說
完，就大步朝灰狗走去。

灰狗以為廚師是來給他送吃的，就向着廚
師低聲叫了兩下。誰知廚師拎起他的腿，把他
扔到門外去了。

灰狗摔在地上，半天才掙扎着爬起來，狼
狽地跑出了院子。

院子外面的狗看見灰狗一瘸一拐地跑出

來，就問：「今天這家人請客，一定有好多好吃的東西，你吃得怎麼樣啊？」

灰狗捂着摔腫的臉，不肯說出自己的倒霉遭遇，就撒謊說：「吃得當然好了，我還喝了很多酒呢，現在我連路都走不穩了。」

灰狗的經歷告訴我們，到任何地方，都要注意禮貌，保持謙虛。否則，大家都會不喜歡你的。

老鼠和青蛙

一天，老鼠對青蛙説：「親愛的青蛙，我們兩個都很孤單，你願意和我交個朋友嗎？」

青蛙聽了，覺得老鼠説得挺對的，就答應和老鼠做朋友。

老鼠很高興，對青蛙説：「太好了！我有一個好提議，我們一起去吃大餐吧。我剛剛發現了一個好地方，那裏的食物好吃得不得了。」

青蛙聽説有吃的，也沒多想，就跟着老鼠走了。

老鼠把青蛙領到一家富人的倉庫裏，那裏有鬆軟的麵包、噴香的奶酪和香甜的蜂蜜。

老鼠問青蛙：「朋友，這個地方不錯吧？」

青蛙看見這麼多吃的，但沒一樣是自己喜

歡的，很失望。
他剛想對老鼠抱
怨，倉庫的主人
就進來了。老鼠
馬上鑽進洞裏躲起
來。

　　青蛙偷偷跳到一個黑暗
的角落裏，一動也不敢動。

　　不久，倉庫的主人走了。這時，老鼠竄了
出來，大聲叫道：「青蛙，青蛙，你在哪裏？」

　　青蛙這會才明白過來，原來老鼠是不敢獨
自到倉庫裏偷東西吃，就找自己來壯膽。

　　青蛙很生氣，決定好好
懲罰一下老鼠，於是說：
「老鼠兄弟，我在這
裏。今天你請我吃
好東西，我也應
該報答你。我家

裏也有很多好吃的，你一定要去我家一趟，不然我心裏會過意不去的。」

老鼠本來不想去，但是青蛙一個勁兒地勸他，又說了許多好話，老鼠只好答應了。

青蛙的家在池塘裏，青蛙對老鼠說：「不用怕，我把你的腳和我的腳拴在一起，這樣你就不會沉到水裏去了。」

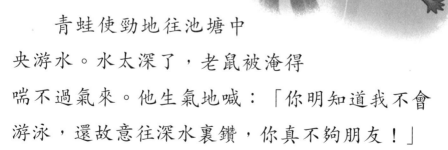

於是，青蛙用繩子把老鼠的腳和自己的腳拴在一起，然後跳進了池塘裏。

青蛙使勁地往池塘中央游水。水太深了，老鼠被淹得喘不過氣來。他生氣地喊：「你明知道我不會游泳，還故意往深水裏鑽，你真不夠朋友！」

青蛙不理睬老鼠，繼續向池塘中央游去。

這時，一隻老鷹看見老鼠在水裏掙扎，就飛下來一把抓住了他。

青蛙因為和老鼠綁在一起，所以也被帶了上來。最後，青蛙和老鼠都被老鷹吃掉了。

看吧，這兩個倒霉的傢伙！所以說，相互利用的朋友只會相互傷害，只有真心相待，互相幫助，才能結交到真正的好朋友。

狼和鷺鷥

狼吃東西時，不小心讓一塊骨頭卡在喉嚨裏。他痛得受不了，到處找醫生。

狼一直都很狡猾凶惡，動物們都吃過他的虧，所以大家一見到他都躲得遠遠的。結果，狼找了半天，也沒有找到一個肯幫助他的動物。

狼被骨頭卡得快喘不過氣了，正在發愁的

時候，看見鷺鷥迎面走來。狼心想：這下我有救了。

狼馬上跑到鷺鷥面前，用含糊不清的聲音說：「鷺鷥醫生，我的喉嚨裏有一塊骨頭。聽說您的醫術是最高明的，所以我專門在這裏等您，您一定要救救我呀！」

鷺鷥聽到狼誇自己醫術高明，心裏很高興，就對狼說：「我可以救你，但是你要答應弄一些魚給我，作為這次幫你治病的報酬。」

　　狼喉嚨痛得難受，顧不上考慮太多，就連忙答應了。

　　於是鷺鷥把長長的尖嘴伸到狼的喉嚨裏，把那塊骨頭取了出來。

　　狼終於鬆了一口氣，高興地連吼了幾聲。他覺得舒服多了，轉身就走。

　　鷺鷥一看，急了，連忙攔住狼的去路，問：「你答應給我的魚呢？」

　　狼冷笑着說：「朋友，你真是太天真了！

你能從我嘴裏把自己的頭平安地拿出來，已經夠幸運了，還敢跟我要報酬？」

鷺鷥聽了，知道自己被騙了，氣得渾身發抖。狼看了一眼生氣的鷺鷥，大笑着走了。

這個故事告訴我們，千萬不要替壞人辦事情，他們不僅不會感激你，反而有可能會傷害你。

蚊子和獅子

一隻蚊子飛到獅子面前，傲慢地説：「獅子，森林裏的動物們都害怕你，我卻不怕。別看你身材高大、我身體瘦小，其實我的本領比你大。要是你不相信，我們可以比一比，看看到底誰更厲害！」

蚊子説完，不等獅子回答，就吹着「嗡嗡」響的喇叭，朝獅子臉上撲去。蚊子專咬獅子鼻

子周圍沒有毛的地方。

　　獅子被咬得又癢又生氣，使勁地揮着爪子想抓住蚊子。

　　可蚊子太小了，又飛來飛去，獅子雖然有鋒利的爪子，卻怎麼也抓不住蚊子，倒是把自己的臉給抓破了。

　　蚊子戰勝了獅子，非常得意，他吹着喇叭，傲慢地在空中飛來飛去。一不小心，他撞到蜘蛛網上，被黏住了。

　　蜘蛛看見了，慢悠悠地爬過來，準備把他吃掉。

　　蚊子後悔地哭着說：「我真是得意過頭了。我打敗了最強大的獅子，現在卻要被這小小的蜘蛛消滅！」

　　蚊子的遭遇讓我們明白，當你獲得成功時，千萬不能驕傲自滿。否則，就會因為得意忘形而導致失敗。

老鼠和黃鼠狼

　　老鼠與黃鼠狼開戰，每次都是老鼠被打敗。於是，老鼠們聚集在一起商議，希望能找到一個戰勝黃鼠狼的辦法。

　　一隻老鼠說：「黃鼠狼的身體、力氣都比我們大，我們一定要選身體強壯的年輕老鼠去作戰。」

另一隻老鼠說：「黃鼠狼每次出來都吹號角，非常有氣勢。我們也應該學學他們，選出一個領袖，再找一些吹號手吹號角，這樣才能在交戰前把他們鎮住。」

其他的老鼠聽了，一致認為，他們屢次失敗是因為沒有將帥，沒有氣勢。於是，老鼠們通過舉手表決，選出了幾隻老鼠做將帥，接着，又選了幾隻年輕有力的老鼠當吹號手。

那些當上將帥的老鼠想要讓自己顯得與眾不同，就做了些角綁在頭上。

老鼠和黃鼠狼的戰爭又開始了，但是沒過多久，老鼠們再次被打敗，紛紛逃竄。別的老鼠很容易就逃進了洞裏，保住了性命。但是那些當將帥的老鼠因為頭上有角，無法迅速鑽進洞裏，最後全都被黃鼠狼吃掉了。

　　這個故事啟迪我們，實力才是最重要的，虛張聲勢和愛慕虛榮只會讓自己陷入困境。我們千萬要記住這個道理啊！

老獅子和狐狸

　　森林裏有一隻獅子，他年老體衰，不想到處辛苦地找食物，於是想了個辦法，躺在牀上開始裝病，日夜不停地發出痛苦的聲音。

　　沒過多久，周圍的動物們都知道獅子病得很嚴重，臥牀不起。大家忘記了他平日的凶狠，都去看望他。

　　動物們提着禮物，一天一個，輪流去獅子

家探視。獅子假裝有氣無力地躺在牀上，趁動物們不注意，就從他們身後猛撲過去，把他們抓住吃掉。

這天，輪到狐狸去看望獅子。狐狸到了獅子家門口，仔細看了看地面，立刻明白小動物們失蹤的原因了。

於是，他遠遠地站在門口，對獅子說：「獅子大王，我就不進去了，我給你帶了點東西，就放在門口。」

獅子聽了，心裏一急，對狐狸說：「我病了不能動，你過來陪我說說話吧。」

狐狸回答道：「獅子大王，不是我不想進去，說實話，我是有點擔心。因為我看到很多小動物進來的腳印，卻沒看到他們走出來的腳印。所以，我擔心自己一旦進去，也出不來了。」說完，他放下東西，轉身走了。

獅子見狐狸不上當，也無可奈何，只好繼續躺在牀上挨餓。

狐狸的故事讓我們明白，聰明的人擅於從別人的錯誤中發現問題，吸取教訓，總結經驗，不讓自己犯同樣的錯誤。只有這樣，才能更好地保護自己，取得成功。

驢子和騾子

　　從前，有一個人養了一頭驢子和一頭騾子。有一天，他要運很多東西到市場上去賣，就把貨物分成兩份，分別讓驢子和騾子馱着。

　　驢子的力氣本來就比不上騾子，這次又馱了這麼多的貨物，他覺得更加吃力了。

　　於是驢子向騾子求救：「騾子大哥，你能不能幫我馱一部分貨物？我實在累得不行了。」可是，騾子理都不理驢子，繼續往前趕

路。

驢子沒辦法,只得歎一口氣,搖搖晃晃地繼續向前走。沒過多久,驢子終於支撐不住,腿一軟,從山路上滾下去,摔斷了腿。

主人不想拋棄驢子,就把驢子背上的貨物卸下來,放到騾子的背上,還把驢子也抱到騾子背上,讓騾子一起馱着走。

騾子這下懊悔極了:我真是活該。如果我剛才答應驢子的請求,幫他馱一部分貨物,他就不會滾下山坡摔斷腿,而我也就不用馱着全部的貨物和這個傢伙了。

倒霉的騾子應該明白,自己的伙伴有困難時一定要設法幫忙,這樣對雙方都有好處。否則,沒有了伙伴,自己會遇上麻煩的。

給孩子的世界經典故事

伊索寓言

編　　著：幼獅文化

繪　　圖：楊怡

責任編輯：黃偲雅

美術設計：張思婷

出　　版：園丁文化

　　　　　香港英皇道499號北角工業大廈18樓

　　　　　電話：(852) 2138 7998

　　　　　傳真：(852) 2597 4003

　　　　　網址：http://www.sunya.com.hk

　　　　　電郵：info@dreamupbooks.com.hk

發　　行：香港聯合書刊物流有限公司

　　　　　香港荃灣德士古道220-248號荃灣工業中心16樓

　　　　　電話：(852) 2150 2100

　　　　　傳真：(852) 2407 3062

　　　　　電郵：info@suplogistics.com.hk

印　　刷：中華商務彩色印刷有限公司

　　　　　香港新界大埔汀麗路36號

版　　次：二〇二三年一月初版

　　　　　二〇二四年三月第三次印刷

ISBN: 978-988-76583-5-1

Traditional Chinese Edition © 2023 Dream Up Books

18/F, North Point Industrial Building, 499 King's Road, Hong Kong

Published in Hong Kong SAR, China

Printed in China